Trop de lapins!

Trace Moroney

Texte français d'Isabelle Allard

Éditions
SCHOLASTIC

Catalogage avant publication de Bibliothèque et Archives Canada

Moroney, Tracey
[Too many bunnies. Français]
Trop de lapins! / Trace Moroney, auteure et illustratrice ;
texte français d'Isabelle Allard.

Traduction de: Too many bunnies.
ISBN 978-1-4431-6582-2 (couverture souple)

I. Titre. II. Titre: Too many bunnies. Français.

PZ26.3.M673Tro 2018   j813'.6   C2017-906741-9

Édition publiée par les Éditions Scholastic, 604, rue King Ouest, Toronto (Ontario) M5V 1E1

5 4 3 2 1   Imprimé au Canada 119   18 19 20 21 22

Conception graphique de Trace Moroney

Je me réveille un matin tout surpris.
Dix bébés lapins sont arrivés pendant la nuit.

Dix bébés lapins sautent sur *mon* lit.
— ARRÊTEZ, bébés lapins! Ça suffit!

Dix bébés lapins jouent avec *mes* jouets.
– **SILENCE**, bébés lapins! Du calme, s'il vous plaît!

Dix bébés lapins réclament à grands cris
leur déjeuner.
    – **CHUT**, bébés lapins!
        Vous êtes très mal élevés.

Dix bébés lapins s'éclaboussent dans *ma* baignoire.

– **SORTEZ**, bébés lapins! Ce n'est pas une pataugeoire!

Dix bébés lapins sont sur les genoux
de *ma* maman.
— **POUSSEZ-VOUS**, bébés lapins!
C'est à mon tour, maintenant!

– Grrr... je suis fâché!
Maman, j'en ai assez!
Il y a **trop** de lapins

dans

notre

terrier!

Dix bébés lapins sont très tristes à présent.
– Ils ne voulaient pas te faire
de peine, mon grand.
Ce sont **tes** frères et **tes** sœurs.
Il n'y a rien de plus précieux.
Tu peux leur apprendre plein
de choses et jouer avec eux!

Dix bébés lapins et moi sautons ensemble
et jouons à la cachette

dans les fleurs

et sous un arc-en-ciel de toutes les couleurs.

Dix bébés lapins et moi
gambadons, le cœur léger.

– On sortira encore
demain, si vous voulez!

Dix bébés lapins épuisés et moi
nous endormons, blottis dans mon lit.

– Bonne nuit, mes trésors, nous dit maman, ravie.

Marionnette-chaussette Lapinou

Fabriquer une marionnette-chaussette est un moyen facile et peu coûteux de donner vie au personnage de Lapinou. N'importe quelle chaussette peut convenir, mais je préfère les chaussettes de nuit ultra douces. Elles s'étirent davantage et enveloppent mieux la main. Elles sont aussi plus duveteuses (comme de la fourrure), ce qui permet de créer un personnage doux et réconfortant. Peu importe si la chaussette présente des motifs et des couleurs vives qui n'évoquent pas un lapin; tu t'amuseras à choisir des couleurs pour les oreilles, les pattes, la queue et d'autres éléments assortis à la chaussette. Si tu préfères, tu peux tricoter une chaussette avec de la laine très douce. Utilise les modèles fournis pour réaliser les oreilles, les pattes, la bouche, la queue et la carotte, ou crée les tiens!

Matériel requis :

- chaussette de nuit ultra douce
- feutre (couleurs assorties) ou carton souple
- ciseaux
- colle à tissu
- pistolet à colle (ou fil et aiguille à coudre)
- crayon ou craie
- yeux (boutons, yeux mobiles de magasin d'artisanat ou cercles découpés dans du feutre noir)
- pompon (pour la queue)
- N'oublie pas : amuse-toi en créant ton Lapinou!

Marche à suivre :

1. Enfile la chaussette sur ta main. Tes doigts réunis forment le haut de la bouche (au bout de la chaussette) et ton pouce forme la partie inférieure (place-le à l'endroit du talon). Enfonce le tissu dans le creux de ta main pour créer l'intérieur de la bouche. Exerce-toi à la faire bouger en ouvrant et en refermant les doigts sur le pouce.
Facultatif : Si tu préfères, insère et colle une bouche en carton dans la chaussette. Cela donnera une bouche plus rigide. Je préfère ne pas en ajouter, car je peux créer plus d'expressions faciales rigolotes en me servant uniquement de ma main.

2. Avec ton autre main, choisis l'emplacement des yeux. Retire la chaussette, puis colle ou couds les yeux.

3. À l'aide des modèles fournis, trace ou copie les formes sur le feutre. Chaque oreille et chaque patte consistent en deux formes de feutre identiques collées ensemble. Tu devras donc découper quatre oreilles et quatre pattes dans les couleurs de ton choix.

4. Colle deux morceaux identiques ensemble pour créer chaque partie du corps du lapin. Par exemple, colle deux formes de patte ensemble pour créer une patte plus épaisse.

5. Découpe la bouche, la langue, le nez, le cœur et la carotte dans du feutre de la couleur de ton choix. Tu n'auras besoin que d'un morceau pour chacun.
La queue est un pompon. Tu peux en créer un à l'aide du modèle fourni, en acheter un au magasin d'artisanat ou bien utiliser une boule d'ouate.

6. Remets la chaussette sur ta main et, avec ton autre main, choisis l'emplacement des oreilles. Retire la chaussette, puis colle ou couds les oreilles. Fais la même chose pour la bouche, les pattes, la langue, le nez et le cœur.

7. Pour fabriquer la carotte, colle ou couds les côtés droits ensemble de manière à former un cône. Remplis-le de rembourrage moelleux et resserre le tissu en haut. Roule du feutre vert pour faire la tige et colle-le bien. Insère la tige dans le haut de la carotte, puis fixe-la avec de la colle ou du fil.

8. Maintenant, imagine-toi dans une jolie prairie… Bondis dans l'herbe parmi les fleurs avec ton ami Lapinou!

Modèles pour la marionnette-chaussette

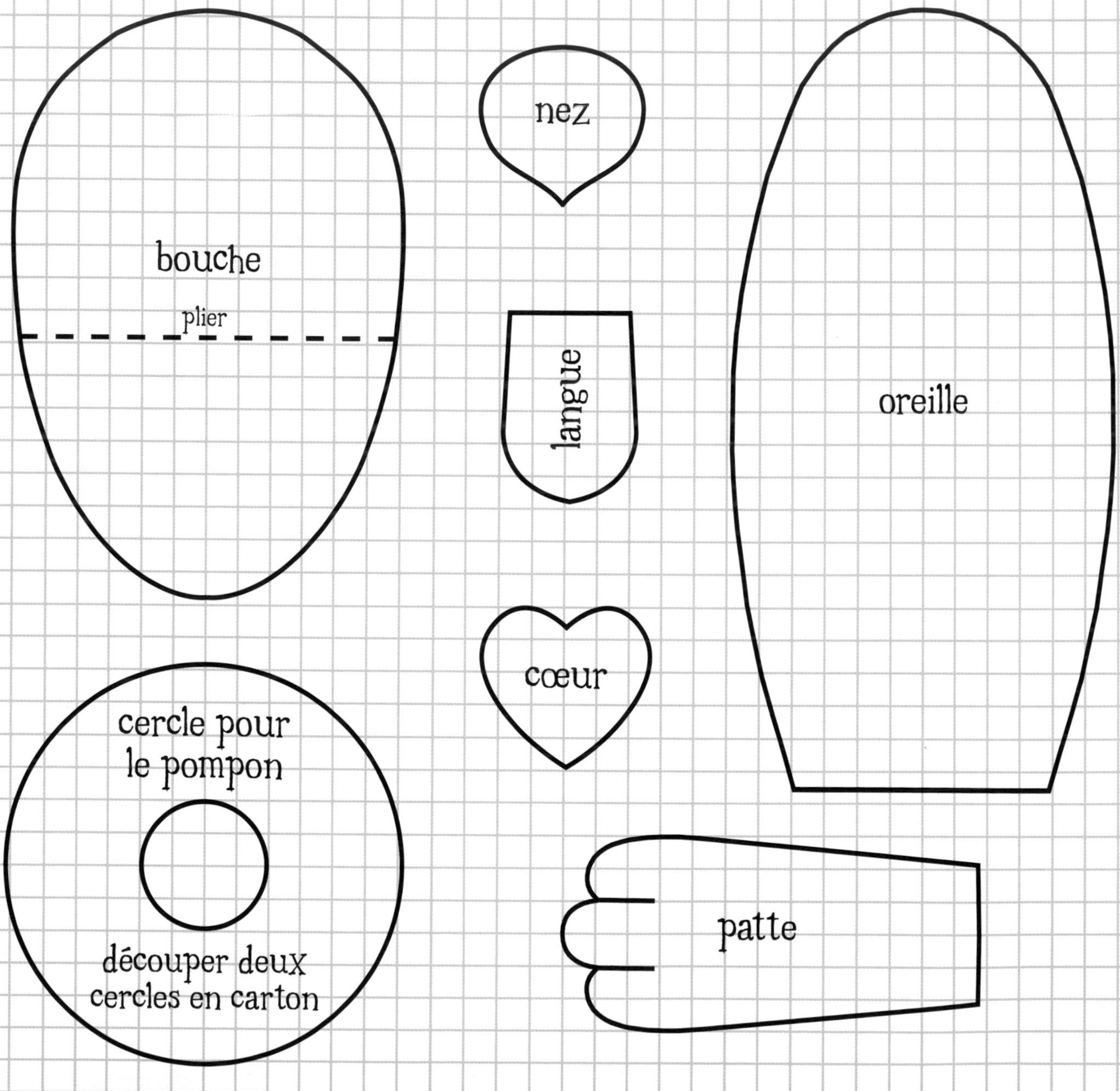

nez

bouche

plier

langue

oreille

cœur

cercle pour
le pompon

découper deux
cercles en carton

patte

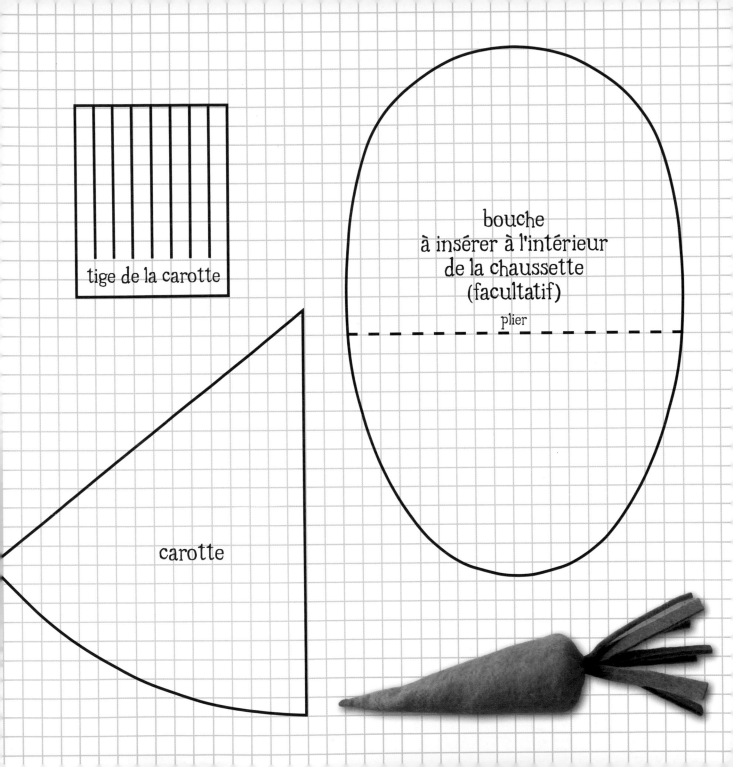

tige de la carotte

bouche
à insérer à l'intérieur
de la chaussette
(facultatif)

plier

carotte

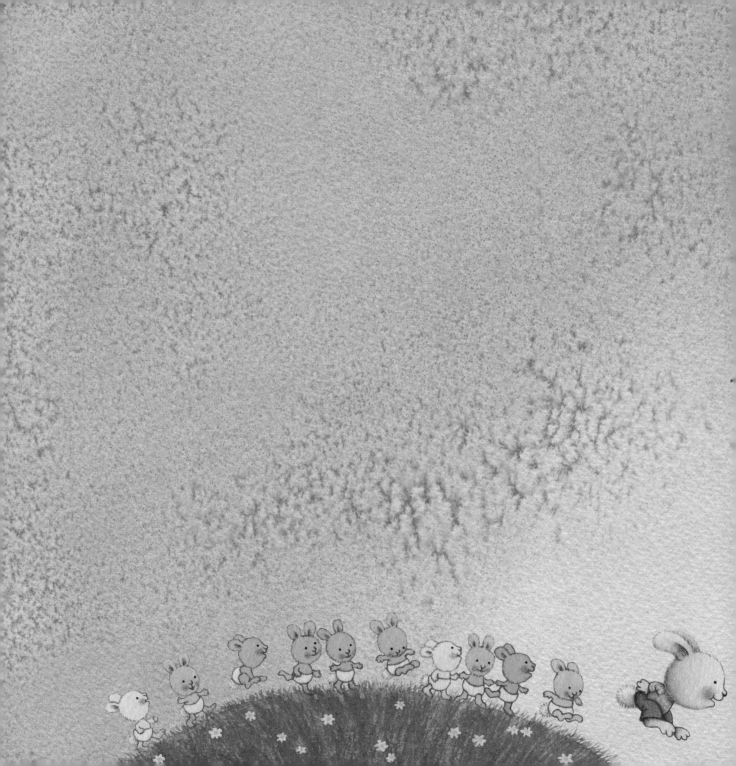